魔法圖書

阿拉丁與神燈

人物介紹

佳妮

最近情緒起伏很大，不喜歡妹妹妮妮說她處於青春期。在和同齡的阿拉丁、朵爾公主一起冒險的過程中，一點一滴成長了。

妮妮

個性開朗，經常用開玩笑的方式來緩和緊張的氣氛。擔心處於青春期的姐姐佳妮，同時，在冒險的過程中也給了阿拉丁和朵爾公主勇氣。

毛毛

佳妮和妮妮養的寵物狗，在阿拉丁的國家受到大家的喜愛。

阿拉丁

經常因諸事不順而感到憤憤不平的少年。為了躲避媽媽的嘮叨，賭氣來到沙漠，救了佳妮和妮妮後展開一連串的冒險。

神͡燈͡精͡靈͡
把摩擦神燈的人當成
自己的主人，並為他
實現願望。

朵爾公主
全名是巴德羅巴朵爾。
厭倦了皇宮的生活，直
到遇見佳妮和妮妮才獲
得勇氣，找到了自己的
目標。

哈斯庫斯
一心想得到神燈和魔法之
書的壞魔法師，為此策劃
了各式各樣的陰謀。

目錄

奇怪的佳妮

妮妮，我真羨慕你有姐姐。

可是我最近因為她覺得好累唷！

不是啦！該怎麼說呢？

為什麼？她欺負你嗎？

姐姐最近很奇怪，和以前不一樣。

不對！不是這個！全都不滿意！

你選衣服已經花了快1小時了！

丟

我不想出門了！

砰！

她剛剛不是很期待出門嗎？

姐姐好像換了一個人似的。

你是拿我來開玩笑嗎？

妮妮，我該去補習班了，明天見。

再見。

哇！

我只是擔心你，才和朋友商量。

唉！我也覺得自己最近很奇怪。

我以為你是被詛咒了，但我朋友說是因為青春期。

你知道什麼是青春期嗎？

當然，我讀了很多書。

真的嗎？

對啊！我很認真的看魔法之書。

之前沒有這張圖片吧？

這張圖片有點眼熟，它是……

咦？書裡跑出了好多沙子！

第1章

阿拉丁的煩惱

　　阿拉丁望著在陽光映照下更加閃耀的皇宮。

　　「真是金碧輝煌，住在那裡的人肯定沒有煩惱吧！」

好羨慕他們……

「阿拉丁，你怎麼又跑到樓頂發呆了？」

「媽，你不要管我啦！」

「你別再無所事事了，來幫媽媽的忙吧！」

阿拉丁無奈的踩著沉重的步伐走下階梯，當他看到鏡子裡反射出的臉又停下了腳步。

「唉！因為我的聲音最近變得很低沉，歌聲大不如前，現在連臉上也長出了一堆青春痘。」

阿拉丁對著鏡子自言自語，又嘆了一口氣。

「阿拉丁，快來幫我和麵團，明天才能出門賣饅頭。」

「賣那種東西又賺不了多少錢。」

「你這是什麼話！原來你不會幫忙，只會說些不中聽的話啊！」

我說的是實話呀！

阿拉丁
家境貧苦，和媽媽
相依為命。

「我們家連一套像樣的衣服都買不起，而且我的包包和鞋子都破洞了！」

「我不是幫你補過了嗎？你要叨念這件事到什麼時候！」

「媽才是每天都碎碎念！」

「我是擔心你……」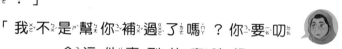

「我不想聽！」

阿拉丁對媽媽發了一頓脾氣就衝出家門，但他走了一陣子就停下來，開始感到後悔。

「我是不是說得太過分了？」

阿拉丁內心覺得內疚，不過沒多久卻又搖搖頭。

「我說得沒錯，是媽媽太愛嘮叨了。」

阿拉丁漫無目的的四處遊蕩，直到天黑才回家，餐桌上擺著媽媽為他準備的麵包，但是他沒有心情吃。

打開門，阿拉丁看著自己空蕩蕩的房間。

「如果我是有錢人該有多好，這樣就能買到所有想要的東西。如果我是王子該有多好，這樣就不用煩惱將來要做什麼，直接成為國王就好。」

夜深了，阿拉丁一點睡意也沒有，一直站在陽臺眺望遠方。

「沒有人能理解我，只覺得我是愛闖禍的搗蛋鬼。」

阿拉丁越來越想離開令他煩悶的家。

天亮後，阿拉丁安靜的離家，走向荒涼、偏僻的沙漠。

「我想去一個沒有人認識我的地方……」

剛走進沙漠沒多久，阿拉丁就看到遠方吹來一陣沙塵暴。

轟轟！

「偏偏遇上沙塵暴……我怎麼沒有半件事是順心的！」

打算往回走的阿拉丁，突然在巨大的沙塵暴裡，看到兩個若隱若現的小點。

阿拉丁睜大了雙眼，發現兩個點慢慢變大，看起來像是人的身影，手臂還在胡亂的揮舞。

「他們在沙塵暴裡做什麼？難道是被困住了！」

阿拉丁走向沙塵暴，但是走沒兩步又停了下來。

「如果我因此受傷怎麼辦？」

「如果不是人，是怪物怎麼辦？」

「如果我根本幫不了他們怎麼辦？」

「如果幫了他們，卻惹上麻煩怎麼辦？」

在阿拉丁拿不定主意的時候，沙塵暴正逐漸靠近。

第2章

衝過沙塵暴

「姐姐，這是沙塵暴嗎？」

妮妮連眼睛都快睜不開，手上拿來擋沙子的傘也壞了。

「為什麼每次來范特西爾都會遇到困難！」

佳妮嘗試用手擋住沙子，卻完全沒有作用。

「哈哈哈！我是沙子之神，我可以操控沙子……呸呸呸！」

妮妮開著玩笑想苦中作樂，卻因此吃進一大口沙子，一旁的佳妮也滿

20

嘴ㄗㄨㄟˇ都ㄉㄡ是ㄕˋ沙ㄕㄚ子ㄗ。

　　「真ㄓㄣ奇ㄑㄧˊ怪ㄍㄨㄞˋ，我ㄨㄛˇ沒ㄇㄟˊ讀ㄉㄨˊ過ㄍㄨㄛˋ有ㄧㄡˇ很ㄏㄣˇ多ㄉㄨㄛ沙ㄕㄚ子ㄗ的ㄉㄜ故ㄍㄨˋ事ㄕˋ啊ㄚ！」

　　「姐ㄐㄧㄝˇ姐ㄐㄧㄝ，如ㄖㄨˊ果ㄍㄨㄛˇ我ㄨㄛˇ們ㄇㄣ被ㄅㄟˋ埋ㄇㄞˊ在ㄗㄞˋ這ㄓㄜˋ裡ㄌㄧˇ，就ㄐㄧㄡˋ會ㄏㄨㄟˋ變ㄅㄧㄢˋ成ㄔㄥˊ『尋ㄒㄩㄣˊ找ㄓㄠˇ沙ㄕㄚ田ㄊㄧㄢˊ當ㄉㄤ中ㄓㄨㄥ的ㄉㄜ佳ㄐㄧㄚ妮ㄋㄧˊ和ㄏㄢˊ妮ㄋㄧˊ妮ㄋㄧˊ』的ㄉㄜ故ㄍㄨˋ事ㄕˋ了ㄌㄜ。」

　　佳ㄐㄧㄚ妮ㄋㄧˊ和ㄏㄢˊ妮ㄋㄧˊ妮ㄋㄧˊ抓ㄓㄨㄚ緊ㄐㄧㄣˇ彼ㄅㄧˇ此ㄘˇ的ㄉㄜ手ㄕㄡˇ，再ㄗㄞˋ用ㄩㄥˋ另ㄌㄧㄥˋ一ㄧˋ隻ㄓ手ㄕㄡˇ遮ㄓㄜ住ㄓㄨˋ自ㄗˋ己ㄐㄧˇ的ㄉㄜ臉ㄌㄧㄢˇ，試ㄕˋ圖ㄊㄨˊ走ㄗㄡˇ出ㄔㄨ沙ㄕㄚ塵ㄔㄣˊ暴ㄅㄠˋ，但ㄉㄢˋ卻ㄑㄩㄝˋ徒ㄊㄨˊ勞ㄌㄠˊ無ㄨˊ功ㄍㄨㄥ，她ㄊㄚ們ㄇㄣ連ㄌㄧㄢˊ腳ㄐㄧㄠˇ下ㄒㄧㄚˋ的ㄉㄜ地ㄉㄧˋ面ㄇㄧㄢˋ都ㄉㄡ看ㄎㄢˋ不ㄅㄨˋ清ㄑㄧㄥ楚ㄔㄨˇ。

　　「妮ㄋㄧˊ妮ㄋㄧˊ，我ㄨㄛˇ有ㄧㄡˇ個ㄍㄜˋ好ㄏㄠˇ主ㄓㄨˇ意ㄧˋ。」

　　妮妮聽從佳妮的建議，從魔法之書拿出了三頂安全帽。戴上後，眼睛就可以睜開了，也不會吃進沙子，不過她們依然不知道該往哪兒走。

　　「到底要往哪裡走？」

　　這時候，漫天飛舞的沙子中冒出了一隻手。

跟我來！

平ㄆㄧㄥˊ常ㄔㄤˊ不ㄅㄨˋ可ㄎㄜˇ以ㄧˇ輕ㄑㄧㄥ易ㄧˋ跟ㄍㄣ著ㄓㄜ陌ㄇㄛˋ生ㄕㄥ人ㄖㄣˊ走ㄗㄡˇ，但ㄉㄢˋ是ㄕˋ現ㄒㄧㄢˋ在ㄗㄞˋ狀ㄓㄨㄤˋ況ㄎㄨㄤˋ緊ㄐㄧㄣˇ急ㄐㄧˊ，因ㄧㄣ此ㄘˇ佳ㄐㄧㄚ妮ㄋㄧˊ和ㄏㄜˊ妮ㄋㄧˊ妮ㄋㄧˊ決ㄐㄩㄝˊ定ㄉㄧㄥˋ跟ㄍㄣ著ㄓㄜ手ㄕㄡˇ的ㄉㄜ主ㄓㄨˇ人ㄖㄣˊ走ㄗㄡˇ。接ㄐㄧㄝ著ㄓㄜ他ㄊㄚ們ㄇㄣ來ㄌㄞˊ到ㄉㄠˋ一ㄧ個ㄍㄜ山ㄕㄢ洞ㄉㄨㄥˋ，終ㄓㄨㄥ於ㄩˊ擺ㄅㄞˇ脫ㄊㄨㄛ沙ㄕㄚ子ㄗˇ的ㄉㄜ包ㄅㄠ圍ㄨㄟˊ。

「得ㄉㄜˊ救ㄐㄧㄡˋ了ㄌㄜ！」

佳ㄐㄧㄚ妮ㄋㄧˊ和ㄏㄜˊ妮ㄋㄧˊ妮ㄋㄧˊ鬆ㄙㄨㄥ了ㄌㄜ一ㄧ口ㄎㄡˇ氣ㄑㄧˋ，準ㄓㄨㄣˇ備ㄅㄟˋ拍ㄆㄞ掉ㄉㄧㄠˋ身ㄕㄣ上ㄕㄤˋ的ㄉㄜ沙ㄕㄚ子ㄗˇ，這ㄓㄜˋ時ㄕˊ候ㄏㄡˋ才ㄘㄞˊ看ㄎㄢˋ清ㄑㄧㄥ她ㄊㄚ們ㄇㄣ模ㄇㄛˊ樣ㄧㄤˋ的ㄉㄜ阿ㄚ拉ㄌㄚ丁ㄉㄧㄥ嚇ㄒㄧㄚˋ得ㄉㄜ大ㄉㄚˋ叫ㄐㄧㄠˋ。

沒有眼睛、鼻子、
嘴巴和耳朵……

是怪物啊！

吼喔喔！

阿拉丁驚恐的樣子，讓妮妮產生惡作劇的念頭，她張開雙手走向阿拉丁。

「哇哈哈！我就是安全帽怪物！」

阿拉丁嚇得連忙後退，一不小心就被石頭絆倒而跌坐在地上。

「安全帽大人，請你饒我一命，要我做什麼都可以！」

阿拉丁不停求饒，眼淚也撲簌簌的流下，這模樣讓妮妮更想惡作劇。

「你想活命嗎？吼喔喔！」

妮妮胡亂揮動手腳，讓一旁的佳妮忍不住笑了出來。

沒想到下一秒，妮妮絆到石頭跌倒了，整個人咕嚕咕嚕的滾到阿拉丁面前，頭上的安全帽也掉了下來。

淚眼汪汪的阿拉丁看到安全帽掉下來，還以為是妮妮的頭掉下來。

哇啊啊啊！

但是很快的，阿拉丁就發現妮妮不是怪物，只是個年齡和體型都比自己小的女孩。

「我現在看起來還像怪物嗎？」妮妮笑著說。

「妮妮，開玩笑要適可而止。謝謝你救了我們，我叫佳妮。」

「我是妮妮。」

「你們到底是……」

「我們是從現實世界來的旅行者，這是我們第一次來沙漠。」

「也是第一次遇到沙塵暴。」

「我救了你們，你們卻開我玩笑，真是莫名其妙！」

「不好意思。話說回來，你叫什麼名字？」

「你知道我的名字要做什麼？我不想告訴你。」

「你的個性還真彆扭，和最近的姐姐好像。」

 我的個性才不彆扭！

26

「剛才是我們玩笑開過頭了，真的很對不起。」

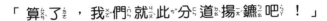「算了，我們就此分道揚鑣吧！」

「再怎麼說你也幫過我們，至少告訴我們你的名字吧！」

「好吧！你們別忘了我阿拉丁的恩情啊！」

「你是阿拉丁？」

「很高興認識你。」

「那我走囉！」

「等一下，你知道黃金書籤嗎？它在你身上嗎？」

「不在，那種東西和我一點關係也沒有。」

「呃啊……真是彆扭的青春期男孩。」

「黃金書籤關係到范特西爾的安危，你有什麼線索嗎？」

「就說和我沒關係，不要再煩我了！」

「原來阿拉丁這麼不好相處。」

「姐姐，我肚子餓了，要不要從魔法之書拿東西出來吃？」

「我有更好的主意——我們去市場吧！參觀一下這個國家，順便打聽黃金書籤的下落。阿拉丁，請問市場在哪裡？」

「往那個方向走……」

阿拉丁的話還沒說完，佳妮和妮妮就拉著他往市場走。

「你們要做什麼？」

「我們想請你吃好吃的東西，報答你的恩情啊！」

佳妮對阿拉丁眨了眨眼，阿拉丁的肚子也湊巧的發出咕嚕咕嚕的聲音。

彆扭的阿拉丁裝作逼不得已的樣子，跟著佳妮和妮妮來到市場，看到兩人挑了一堆食物，不禁目瞪口呆。

「你們帶的錢夠嗎？」

妮妮把手伸進魔法之書，拿出一小把金子，讓阿拉丁頓時瞪大了雙眼。

「你們到底是誰？」

佳妮和妮妮笑嘻嘻的回答阿拉丁的問題。

「我們是佳妮和妮妮啊！」

「我不是說這個⋯⋯」

「那邊發生了什麼事？」

佳妮和妮妮發現有一群人聚集在牆壁前面，於是她們結完帳後，便過去一探究竟。

「黑魔法師攻擊了波普斯魔法圖書館，導致我們王國的黃金書籤不見了！」

「國王要給找到黃金書籤的人一大筆賞金？」

「我來試試看吧！」

這是什麼？真可愛！

上_{ㄕㄤˋ}一_ㄧ秒_{ㄇㄧㄠˇ}還_{ㄏㄞˊ}在_{ㄗㄞˋ}討_{ㄊㄠˇ}論_{ㄌㄨㄣˋ}牆_{ㄑㄧㄤˊ}壁_{ㄅㄧˋ}上_{ㄕㄤˋ}告_{ㄍㄠˋ}示_{ㄕˋ}的_{ㄉㄜ˙}人_{ㄖㄣˊ}們_{ㄇㄣ˙}，看_{ㄎㄢˋ}到_{ㄉㄠˋ}妮_{ㄋㄧˊ}妮_{ㄋㄧˊ}懷_{ㄏㄨㄞˊ}中_{ㄓㄨㄥ}的_{ㄉㄜ˙}毛_{ㄇㄠˊ}毛_{ㄇㄠˊ}後_{ㄏㄡˋ}，眼_{ㄧㄢˇ}睛_{ㄐㄧㄥ}立_{ㄌㄧˋ}刻_{ㄎㄜˋ}為_{ㄨㄟˋ}之_ㄓ一_ㄧ亮_{ㄌㄧㄤˋ}。

「太_{ㄊㄞˋ}可_{ㄎㄜˇ}愛_{ㄞˋ}了_{ㄌㄜ˙}！國_{ㄍㄨㄛˊ}王_{ㄨㄤˊ}肯_{ㄎㄣˇ}定_{ㄉㄧㄥˋ}會_{ㄏㄨㄟˋ}喜_{ㄒㄧˇ}歡_{ㄏㄨㄢ}牠_{ㄊㄚ}！」

把_{ㄅㄚˇ}牠_{ㄊㄚ}送_{ㄙㄨㄥˋ}去_{ㄑㄩˋ}給_{ㄍㄟˇ}國_{ㄍㄨㄛˊ}王_{ㄨㄤˊ}吧_{ㄅㄚ˙}！

所有人的視線瞬間集中在毛毛身上。

汪汪汪！汪汪汪！

毛毛邊吠叫邊鑽進妮妮的吊帶褲口袋裡，妮妮抱緊牠，害怕得後退了一步，佳妮則緊緊護著妮妮。由於被人群層層包圍，阿拉丁也動彈不得。

「不可以把毛毛送給國王！」

「快住手！別過來！」

即使佳妮和妮妮拼命阻擋，這些人仍然不理不睬。

「把這些孩子也送去皇宮吧！」

「把他們用繩子綁起來，別讓他們跑了！」

圍觀的群眾把佳妮和妮妮，甚至是阿拉丁都綁了起來，將他們帶往皇宮。

「我和她們沒關係！我不認識她們！」

但是人群吵吵鬧鬧的聲音蓋過了阿拉丁的求救聲。

拜託你們
放開我！

第3章
華麗的皇宮

「好酷喔！」

一走進皇宮，妮妮就驚訝得張大了嘴。

「妮妮，你還有心情欣賞嗎？現在的狀況很緊急！」

雖然慌張，阿拉丁也忍不住讚嘆起眼前這座華麗的皇宮。

「以前只從遠方看過，這是我第一次進來皇宮……真是太漂亮了！」

想ㄒㄧㄤˇ晉ㄐㄧㄣˋ見ㄐㄧㄢˋ國ㄍㄨㄛˊ王ㄨㄤˊ的ㄉㄜ˙隊ㄉㄨㄟˋ伍ㄨˇ排ㄆㄞˊ得ㄉㄜ˙非ㄈㄟ常ㄔㄤˊ長ㄔㄤˊ。

「你ㄋㄧˇ們ㄇㄣ˙的ㄉㄜ˙運ㄩㄣˋ氣ㄑㄧˋ真ㄓㄣ好ㄏㄠˇ，今ㄐㄧㄣ天ㄊㄧㄢ想ㄒㄧㄤˇ晉ㄐㄧㄣˋ見ㄐㄧㄢˋ國ㄍㄨㄛˊ王ㄨㄤˊ的ㄉㄜ˙人ㄖㄣˊ算ㄙㄨㄢˋ少ㄕㄠˇ了ㄌㄜ˙。」

排ㄆㄞˊ在ㄗㄞˋ前ㄑㄧㄢˊ面ㄇㄧㄢˋ的ㄉㄜ˙老ㄌㄠˇ奶ㄋㄞˇ奶ㄋㄞˇ轉ㄓㄨㄢˇ過ㄍㄨㄛˋ頭ㄊㄡˊ對ㄉㄨㄟˋ佳ㄐㄧㄚ妮ㄋㄧˊ、妮ㄋㄧˊ妮ㄋㄧˊ和ㄏㄢˋ阿ㄚ拉ㄌㄚ丁ㄉㄧㄥ說ㄕㄨㄛ道ㄉㄠˋ。

老ㄌㄠˇ奶ㄋㄞˇ奶ㄋㄞˇ還ㄏㄞˊ告ㄍㄠˋ訴ㄙㄨˋ他ㄊㄚ們ㄇㄣ˙，之ㄓ前ㄑㄧㄢˊ已ㄧˇ經ㄐㄧㄥ有ㄧㄡˇ**777**個ㄍㄜˋ人ㄖㄣˊ晉ㄐㄧㄣˋ見ㄐㄧㄢˋ過ㄍㄨㄛˋ國ㄍㄨㄛˊ王ㄨㄤˊ了ㄌㄜ˙，但ㄉㄢˋ是ㄕˋ佳ㄐㄧㄚ妮ㄋㄧˊ一ㄧˋ行ㄒㄧㄥˊ人ㄖㄣˊ前ㄑㄧㄢˊ面ㄇㄧㄢˋ還ㄏㄞˊ有ㄧㄡˇ**333**個ㄍㄜˋ人ㄖㄣˊ。

「都是因為和你們扯上關係，我才要受這種罪，真是飛來橫禍。」

阿拉丁不滿的喃喃自語著。而佳妮和妮妮則一心趁其他人被皇宮吸引住目光的時候，讓毛毛喀吱、喀吱的咬斷繩子，兩人的雙手終於鬆開了。

「姐姐，阿拉丁怎麼辦？他一直碎碎念，好煩喔！」

「阿拉丁是因為我們才被抓起來，當然要救他。」

佳妮把食指放在嘴脣上，示意阿拉丁保持安靜，接著幫他解開手上的繩子。

三人悄悄往旁邊移動，直到遠離晉見國王的隊伍，抵達走廊的另一端才鬆了口氣。

「成功了！」

妮妮把一直乖巧待在自己吊帶褲口袋裡的毛毛抱出來，毛毛一落地就高興得蹦蹦跳跳。

「毛毛，過來！」

追著毛毛的妮妮腳一滑，差點在走廊上跌倒。

哇啊啊！

「好險！姐姐，這個地板好滑，好適合溜冰喔！」

妮妮開心的在地板上滑行，佳妮也邁出步伐嘗試。

「真的很滑呢！」

看著佳妮和妮妮盡情玩耍的樣子，阿拉丁也小步的試著滑行，馬上就因為覺得有趣而露出笑容。

咻咻咻！

在擦得發亮的皇宮走廊上，即使腳只是稍微拖在地板上，也能順利滑行，讓三人玩得不亦樂乎。

「我想到一個更好玩的點子！」

妮妮從魔法之書拿出了三雙溜冰鞋。

媽呀！

擁有溜冰經驗的佳妮和妮妮滑得更快、更順暢了，而第一次穿上溜冰鞋的阿拉丁則搖搖晃晃、滿頭大汗，雖然有點不習慣，但依然樂此不疲。

三人玩得正高興的時候，忽然有人從後面靠近，接著重重撞上阿拉丁。

砰！

重心不穩的阿拉丁因此摔倒在地。

唉唷！

　　穿著高貴服飾的女孩慘叫一聲，摔倒在阿拉丁身上，因為訝異而停不住溜冰鞋的佳妮和妮妮也倒在他們身上，一時間哀號聲此起彼落。

　　「看到你們玩得很開心，我就有樣學樣了。」女孩笑著說。

　　「你先起來再說話啦！」被壓在最底下的阿拉丁氣喘吁吁的說。

　　四人都站起身後，女孩才繼續說道：「你們好，我叫做巴德羅巴朵爾。」

　　聽到女孩的名字，阿拉丁的臉從生氣的紅色變成惶恐的白色，雙腿一軟就跪在地上。

　　「請公主原諒我的無禮！」

　　朵爾公主揮揮手，示意自己沒有放在心上，並請阿拉丁站起來。

　　「叫我朵爾就好。我很久沒玩得這麼盡興了，你們願意來我的房間玩嗎？」

巴德羅巴朵爾

從未離開皇宮
的公主。

朵爾公主帶三人來到她的房間。裡面有精緻又美麗的擺設，桌上還有滿滿的零食，讓妮妮羨慕極了。

我叫佳妮，和妹妹妮妮一起來這個國家旅行。

難怪你們的打扮和我們不一樣。

「我也想當公主！朵爾公主，你身為真正的公主一定很開心吧？」

「我也很好奇，當公主的感覺怎麼樣呢？」

「沒有你們想像得那麼美好！無時無刻都有人跟在身邊，告訴我這個不能做、那個不能做，實在太煩了。」

「我明白，姐姐也常罵我，我的耳朵都快長繭了。」

「我媽也常對我碎碎念。」

「而且我從來沒有離開過皇宮。」

「這樣生活很無聊吧！」

「不只如此，我還要學外語、數學、歷史、騎馬、刺繡……雖然學習很有趣，但是每天都要學10幾個小時真的很累，作業也很多。」

「你要上的課居然比我還多！」

「原來公主不是想做什麼就能做什麼啊！」

「我必須時時刻刻都穿得很正式，
禮儀要周到、舉止要優雅，而且
絕對不可以犯錯，加上爸爸和媽
媽對我的期望很高，讓我覺得好
累。」

「和你比起來，我們家
真是小巫見大巫。」

「你的壓力很大吧？」

「是啊！而且我沒有可
以談心的朋友……」

「我們來當你的朋友吧！」

「只要你當上國王，就可以
從這些壓力中解放了。」

「可是我們國家從來沒有女生成為
國王。」

「那又怎樣，有法律
規定不行嗎？」

「任何事都有第一次，你就來當第
一個女王吧！」

「我辦得到嗎？」

「第一次到范特西爾的時候，我也
有同樣的想法。」

佳﹐妮﹐說﹐起﹐在﹐范﹐特﹐西﹐爾﹐經﹐歷﹐過﹐的﹐冒﹐險﹐，也﹐說﹐了﹐她﹐們﹐是﹐為﹐了﹐找﹐到﹐第﹐三﹐個﹐黃﹐金﹐書﹐籤﹐而﹐來﹐到﹐這﹐個﹐國﹐家﹐。

　　「你﹐們﹐真﹐厲﹐害﹐！」

　　佳﹐妮﹐和﹐妮﹐妮﹐相﹐視﹐而﹐笑﹐。

　　「我﹐不﹐知﹐道﹐厲﹐不﹐厲﹐害﹐，但﹐每﹐一﹐次﹐都﹐是﹐很﹐有﹐趣﹐的﹐冒﹐險﹐。」

我們遇見了彼得潘、

還有愛麗絲。

為了保護我們王國，我也要去找黃金書籤。

聽完佳妮的話，朵爾公主握緊拳頭，猛然站起身。

「你們等我一下。」

朵爾公主打開房門，快步往外走。

「她要去哪裡？」

妮妮一臉茫然的看著佳妮，佳妮也不明所以的聳聳肩。

「她是想請國王和王后答應讓她出去找黃金書籤吧！」

聽了阿拉丁的話，佳妮和妮妮恍然大悟的點點頭。

「絕對不可以！」

聽到朵爾公主說要展開尋找黃金書籤的冒險後，國王立刻站起來，皇冠差點從頭上滑落。

也許你覺得自己已經
長大了，但是在爸爸看來，
你還是小孩啊！外面的
世界對你來說太危險了！

你身為公主，沒有
必要特地去冒險犯難，
黃金書籤就交給別人
去找吧！媽媽絕對
不允許你出門！

朵爾公主的眼神逐漸失去光彩，頭慢慢低下，聲音也變得十分微弱。

「是……」

朵爾公主一回到房間，妮妮就急忙上前問她。

「結果怎麼樣？」

朵爾公主默默的搖搖頭。看到朵爾公主無精打采的模樣，佳妮心疼得牽起她的手。

「我明白你的感受，為什麼大人都不懂我們的想法呢？」

佳妮的話讓朵爾公主想起爸爸和媽媽對她說的話。

「他們覺得我身為公主，年紀又還小，不適合去冒險。」

「如果你想去冒險，就和我們一起走吧！」

「妮妮，你不要慫恿朵爾公主，國王和王后會擔心她。」

「你剛才不是這樣說的……」

「你有意見嗎？」

阿拉丁不禁想起自己不得志的生活，他生氣的大喊著。

連公主都有辦不到的事，更別說我這種人了！

看著阿拉丁離開時垂頭喪氣的背影，佳妮和妮妮覺得很心疼。

道別朵爾公主後，佳妮和妮妮回頭望向皇宮，卻再也羨慕不起來。

「姐姐，朵爾公主真可憐！」

「是啊！和她比起來，爸媽平日的嘮叨根本不算什麼。」

「不過我還有姐姐也會嘮叨。」

「那是因為你做了很多我必須嘮叨的事。」

佳妮和妮妮一邊鬥嘴，一邊走出皇宮，忽然有人從後面叫住她們。

等等！

原來是換下華麗裝扮，喬裝成平民的朵爾公主。

50

朵ㄉㄨㄛˇ爾ㄦˇ公ㄍㄨㄥ主ㄓㄨˇ一一臉ㄌㄧㄢˇ堅ㄐㄧㄢ定ㄉㄧㄥˋ的ㄉㄜ˙看ㄎㄢˋ著ㄓㄜ˙佳ㄐㄧㄚ妮ㄋㄧˊ和ㄏㄢˋ
妮ㄋㄧˊ妮ㄋㄧˊ。

我要和你們一起去冒險！

走吧！

第4章
壞魔法師

「我們要去哪裡找黃金書籤呢？」

「我上歷史課的時候有學過，
只要找到神燈，就能找到
神燈精靈，沒有精靈
解決不了的事。」

「如果考試的時候也有神燈精靈來
幫我就好了。」

「魔法之書上也有神燈的圖片，那
就是找到黃金書籤的提示吧！」

「但是要怎麼找到神燈呢？」

阿拉丁能找到！

佳ㄐㄧㄚ妮ㄋㄧˊ和ㄏㄜˊ妮ㄋㄧˊ妮ㄋㄧˊ讀ㄉㄨˊ過ㄍㄨㄛˋ這ㄓㄜˋ個ㄍㄜˋ故ㄍㄨˋ事ㄕˋ，知ㄓ道ㄉㄠˋ壞ㄏㄨㄞˋ魔ㄇㄛˊ法ㄈㄚˇ師ㄕ會ㄏㄨㄟˋ指ㄓˇ使ㄕˇ阿ㄚ拉ㄌㄚ丁ㄉㄧㄥ去ㄑㄩˋ找ㄓㄠˇ神ㄕㄣˊ燈ㄉㄥ。

「你ㄋㄧˇ們ㄇㄣ˙怎ㄗㄣˇ麼ㄇㄜ˙知ㄓ道ㄉㄠˋ？難ㄋㄢˊ道ㄉㄠˋ你ㄋㄧˇ們ㄇㄣ˙是ㄕˋ能ㄋㄥˊ預ㄩˋ知ㄓ未ㄨㄟˋ來ㄌㄞˊ的ㄉㄜ˙占ㄓㄢ卜ㄅㄨˇ師ㄕ？」

「我ㄨㄛˇ們ㄇㄣ˙不ㄅㄨˊ是ㄕˋ占ㄓㄢ卜ㄅㄨˇ師ㄕ，你ㄋㄧˇ就ㄐㄧㄡˋ把ㄅㄚˇ我ㄨㄛˇ們ㄇㄣ˙當ㄉㄤ成ㄔㄥˊ讀ㄉㄨˊ了ㄌㄜ˙很ㄏㄣˇ多ㄉㄨㄛ書ㄕㄨ的ㄉㄜ˙讀ㄉㄨˊ書ㄕㄨ王ㄨㄤˊ，所ㄙㄨㄛˇ以ㄧˇ才ㄘㄞˊ知ㄓ道ㄉㄠˋ很ㄏㄣˇ多ㄉㄨㄛ事ㄕˋ。」

「你ㄋㄧˇ們ㄇㄣ˙也ㄧㄝˇ是ㄕˋ王ㄨㄤˊ族ㄗㄨˊ嗎ㄇㄚ˙？」

看ㄎㄢˋ到ㄉㄠˋ朵ㄉㄨㄛˇ爾ㄦˇ公ㄍㄨㄥ主ㄓㄨˇ張ㄓㄤ口ㄎㄡˇ結ㄐㄧㄝˊ舌ㄕㄜˊ的ㄉㄜ˙樣ㄧㄤˋ子ㄗ˙，佳ㄐㄧㄚ妮ㄋㄧˊ和ㄏㄜˊ妮ㄋㄧˊ妮ㄋㄧˊ忍ㄖㄣˇ不ㄅㄨˊ住ㄓㄨˋ哈ㄏㄚ哈ㄏㄚ大ㄉㄚˋ笑ㄒㄧㄠˋ。

「我們不是王族。在我們家，毛毛才是王。」

「牠這麼可愛，當然要當成王來服侍囉！我們的鄰國也把貓當成神明侍候呢！」

三人一邊談天說笑，一邊出發尋找阿拉丁。

另一方面，阿拉丁的家裡來了一位穿著高級衣飾，還戴著金項鍊和金手鍊的超級有錢人，他自稱是阿拉丁的伯父哈斯庫斯。

「我老公有哥哥嗎？我還是第一次聽說。」

哈斯庫斯拿了一袋金子和寶石給起了疑心的阿拉丁媽媽。

「聽說我離開後，全家人都過得很辛苦，所以我趕緊回來，沒想到弟弟已經去了遠方。」

54

我是事業成功又
聲名遠播的
大商人。

哈斯庫斯
想得到神燈的
壞魔法師。

這是一點小意思。

　　看到閃閃發光的金子和寶石，阿拉丁媽媽的眼睛都亮了。

　　「這怎麼好意思！我去買點肉和麵包，大家一起吃頓飯吧！」

　　媽媽出門後，阿拉丁尷尬得不發一語，倒是哈斯庫斯先開口了。

　　「阿拉丁，你對將來有什麼打算？有什麼想做的事嗎？」

「我沒有想做的事……」

「真的嗎？」

哈斯庫斯瞇著眼，彎下腰慢慢靠近阿拉丁。

「沒有夢想，也沒有希望和野心，真是悠哉的人生啊！」

聽到這些話，阿拉丁皺著眉，心情盪到谷底。

他心想：即使有想做的事，也不一定能照我想的那樣進行啊！你又不了解我，怎麼能說這種話，真讓人生氣！

阿拉丁越想越怒火中燒，正要反駁哈斯庫斯的時候，媽媽回來了，接著她準備了一桌豐盛的晚餐，但是心情不好的阿拉丁卻食不知味。

「弟媳，如果你同意，我想帶阿拉丁走，把他培養成和我一樣出色的商人。」

對阿拉丁媽媽說完這番話後，哈斯庫斯的視線轉向阿拉丁。

「阿拉丁，你想不想和我一起到世界各地闖蕩？我可以讓你品嘗到成功的滋味。」

哈斯庫斯突如其來的提議讓阿拉丁非常慌張，但是「成功」這個詞卻深深擊中了他的心。

「好！只要有機會，我也可以出人頭地！」

總是無所事事的阿拉丁突然奮發向上，讓媽媽感到欣慰，對哈斯庫斯的提議更是贊成。

　　「你願意栽培阿拉丁，我還要謝謝你呢！」

　　「我們明天早上就出發，阿拉丁，你趕快打包行李吧！」

我一定辦得到！

「阿拉丁，你要好好照顧自己，認真學習，別給伯父添麻煩。」

「我知道。」

和媽媽道別後，阿拉丁就跟著哈斯庫斯出發了。

一路上，哈斯庫斯幫阿拉丁買了新的衣服、鞋子和包包，還帶他品嘗美味的料理，藉此攏絡他的心。同時他不斷向阿拉丁炫耀自己有多聰明、擁有多少好東西。

路上小心！

哈斯庫斯的一舉一動在阿拉丁看來都很厲害，他下定決心要變得和哈斯庫斯一樣，卻沒發現走出村子後，他們正往沙漠前進。

　　「今天晚上在這裡過夜，我有重要的事要做。」

　　抵達一個偏僻的山洞後，哈斯庫斯對著阿拉丁說道。

　　「有什麼事要在這種山洞做？我們不是要去大都市嗎？」

61

哈斯庫斯沒有回答阿拉丁的問題，自顧自的找了個地方坐下來休息。阿拉丁無計可施，只好也找個地方坐下來。

　　這時候，有顆小石頭砸到阿拉丁的頭，他狐疑得左看右看。

　　「這顆石頭是從哪裡來的？該不會是鬼丟的吧！」

噠！

阿Y拉ㄌ丁ㄉㄧㄥ正ㄓㄥ準ㄓㄨㄣ備ㄅㄟ叫ㄐㄧㄠ醒ㄒㄧㄥ睡ㄕㄨㄟ著ㄓㄜ的ㄉㄜ哈ㄏㄚ斯ㄙ庫ㄎㄨ斯ㄙ時ㄕ，佳ㄐㄧㄚ妮ㄋㄧ、妮ㄋㄧ妮ㄋㄧ和ㄏㄜ朵ㄉㄨㄛ爾ㄦ公ㄍㄨㄥ主ㄓㄨ趕ㄍㄢ緊ㄐㄧㄣ從ㄘㄨㄥ岩ㄧㄢ石ㄕ後ㄏㄡ方ㄈㄤ探ㄊㄢ出ㄔㄨ頭ㄊㄡ來ㄌㄞ，對ㄉㄨㄟ著ㄓㄜ阿Y拉ㄌ丁ㄉㄧㄥ招ㄓㄠ手ㄕㄡ。

　　「你ㄋㄧ們ㄇㄣ怎ㄗㄣ麼ㄇㄜ會ㄏㄨㄟ在ㄗㄞ這ㄓㄜ裡ㄌㄧ？」

　　阿Y拉ㄌ丁ㄉㄧㄥ嚇ㄒㄧㄚ了ㄌㄜ一ㄧ跳ㄊㄧㄠ。

　　「噓ㄒㄩ！」

　　　　　　「那ㄋㄚ個ㄍㄜ人ㄖㄣ是ㄕ不ㄅㄨ是ㄕ說ㄕㄨㄛ自ㄗ己ㄐㄧ
　　　　　　　是ㄕ你ㄋㄧ的ㄉㄜ伯ㄅㄛ父ㄈㄨ？」

「你ㄋㄧ怎ㄗㄣ麼ㄇㄜ知ㄓ道ㄉㄠ？」

　　　　　　「這ㄓㄜ種ㄓㄨㄥ事ㄕ大ㄉㄚ家ㄐㄧㄚ都ㄉㄡ知ㄓ道ㄉㄠ。」

「怎ㄗㄣ麼ㄇㄜ可ㄎㄜ能ㄋㄥ！我ㄨㄛ也ㄧㄝ是ㄕ不ㄅㄨ久ㄐㄧㄡ前ㄑㄧㄢ才ㄘㄞ知ㄓ道ㄉㄠ
　　這ㄓㄜ件ㄐㄧㄢ事ㄕ！」

　　　　　　「那ㄋㄚ個ㄍㄜ人ㄖㄣ不ㄅㄨ是ㄕ你ㄋㄧ的ㄉㄜ伯ㄅㄛ父ㄈㄨ，他ㄊㄚ是ㄕ
　　　　　　　想ㄒㄧㄤ利ㄌㄧ用ㄩㄥ你ㄋㄧ的ㄉㄜ壞ㄏㄨㄞ魔ㄇㄛ法ㄈㄚ師ㄕ。」

「你ㄋㄧ在ㄗㄞ說ㄕㄨㄛ什ㄕㄣ麼ㄇㄜ？」

　　　　　　「我ㄨㄛ在ㄗㄞ書ㄕㄨ上ㄕㄤ看ㄎㄢ過ㄍㄨㄛ這ㄓㄜ個ㄍㄜ故ㄍㄨ事ㄕ……」

「夠ㄍㄡ了ㄌㄜ，我ㄨㄛ自ㄗ己ㄐㄧ會ㄏㄨㄟ看ㄎㄢ著ㄓㄜ辦ㄅㄢ，不ㄅㄨ用ㄩㄥ你ㄋㄧ
　　們ㄇㄣ擔ㄉㄢ心ㄒㄧㄣ。」

「阿拉丁，那個人有和你提過神燈或精靈的事嗎？」

「沒有。那是什麼？」

「佳妮、妮妮，阿拉丁真的能找到神燈嗎？他什麼都不知道耶！」

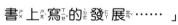「這是因為故事沒有照書上寫的發展……」

「阿拉丁，拜託你相信我們啦！」

「我才不要！和你們扯上關係就沒好事，還會被抓起來。」

「那又不是我們的錯。」

「多虧那樣，我們才能去參觀皇宮。」

「還玩了溜冰鞋。」

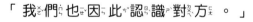「我們也因此認識對方。」

「沒錯，我們才能成為朋友。」

「我和你們，還有高貴的朵爾公主是……朋友？」

「我們當然是朋友！互相幫助、一
　　起玩鬧、訴說煩惱，而且……」

　「還賦予彼此勇氣！如果沒有你們
　　　這些朋友，我根本不會有離開
　　　皇宮去冒險的勇氣。」

「我很高興能和你們成為朋友，但
　　是我要跟著伯父去品嘗成功的滋
　　味，你們別再把我拉下水了。」

　　阿拉丁毅然決然的轉身離開，佳
妮、妮妮和朵爾公主無奈的看著他的
背影。

　　「姐姐，阿拉丁好固執，這下該
怎麼辦？」

　　「沒有其他辦法了嗎？」

　　佳妮搖搖頭，語氣堅定的回答朵
爾公主的問題。

 **只有阿拉丁能找到神燈。**

嘎啊！

「我本來想等休息夠了再說，不過為了避免被你們這樣的小老鼠打擾，我還是早點進行計劃吧！」

四人訝異得轉頭一看，被他們的對話吵醒的哈斯庫斯，正用低沉的聲音念出魔咒，緊接著空中就出現一條大蛇。

嘎啊！

佳妮和妮妮嚇得大聲尖叫，朵爾公主則因為害怕而淚流滿面。

佳妮、妮妮和朵爾公主被大蛇變成的繩子綑綁，坐在地上動彈不得。

汪汪汪！

　　看到主人有難，毛毛氣沖沖的吠叫。看到毛茸茸又小巧白淨的毛毛，哈斯庫斯的心都快被融化了。

　　「怎麼會有這麼可愛的生物，這是寶物中的寶物啊！」

汪汪汪！

毛毛生氣的露出尖牙，並不斷發出威嚇聲，但是在哈斯庫斯眼裡只覺得牠很可愛。

「即使體型這麼小，也有忠心和自尊心啊！不過從現在開始，你要熟悉我這個新主人囉！」

哈斯庫斯用魔法變出一個籠子，把毛毛關起來。

「阿拉丁，你進入山洞的深處，把一盞破舊的燈找出來給我。」

相較於一無所知乖乖答應的阿拉丁，佳妮立即察覺哈斯庫斯要找的正是神燈。

「可以放開我們嗎？我們可以幫你找燈。」

聽到佳妮的話，聰明的朵爾公主立刻反應過來，隨即附和道。

「沒錯，比起用兩隻眼睛尋找，八隻眼睛不是更快嗎？」

哈斯庫斯考慮了一會兒。

「反正這個毛茸茸的小傢伙在我手上，我不怕你們逃跑，你們快去把那盞燈找來給我。」

於是四人前往山洞的深處。

這裡好冷喔！

答案在後面。

砰砰砰！

一打開紅色的門，從黑漆漆的房間裡傳來陣陣詭異的聲音。

妮妮正準備走進去，卻被阿拉丁阻止。

「這是蠍子的聲音！」

佳妮用手機的手電筒照亮，發現地板上都是蠍子。

「我在生物課學過，蠍子對震動很敏感，我們一移動就會被螫。」朵爾公主努力保持鎮定的說道。

「我有好方法。」

妮妮晃了晃魔法之書，接著拿出宇宙服。

穿上宇宙服後，全身都被完美的

包ㄅㄠ覆ㄈㄨ，就ㄐㄧㄡ不ㄅㄨ用ㄩㄥ擔ㄉㄢ心ㄒㄧㄣ被ㄅㄟ蠍ㄒㄧㄝ子ㄗ螫ㄓㄜ了ㄌㄜ。即ㄐㄧ使ㄕ如ㄖㄨ此ㄘ，對ㄉㄨㄟ蠍ㄒㄧㄝ子ㄗ的ㄉㄜ恐ㄎㄨㄥ懼ㄐㄩ感ㄍㄢ還ㄏㄞ是ㄕ讓ㄖㄤ大ㄉㄚ家ㄐㄧㄚ裹ㄍㄨㄛ足ㄗㄨ不ㄅㄨ前ㄑㄧㄢ，於ㄩ是ㄕ阿ㄚ拉ㄌㄚ丁ㄉㄧㄥ站ㄓㄢ到ㄉㄠ最ㄗㄨㄟ前ㄑㄧㄢ面ㄇㄧㄢ。

「跟ㄍㄣ著ㄓㄜ我ㄨㄛ走ㄗㄡ！」

大ㄉㄚ家ㄐㄧㄚ戰ㄓㄢ戰ㄓㄢ兢ㄐㄧㄥ兢ㄐㄧㄥ的ㄉㄜ往ㄨㄤ前ㄑㄧㄢ走ㄗㄡ，終ㄓㄨㄥ於ㄩ平ㄆㄧㄥ安ㄢ通ㄊㄨㄥ過ㄍㄨㄛ蠍ㄒㄧㄝ子ㄗ房ㄈㄤ間ㄐㄧㄢ，這ㄓㄜ次ㄘ出ㄔㄨ現ㄒㄧㄢ了ㄌㄜ黃ㄏㄨㄤ色ㄙㄜ的ㄉㄜ門ㄇㄣ，自ㄗ信ㄒㄧㄣ感ㄍㄢ提ㄊㄧ升ㄕㄥ的ㄉㄜ阿ㄚ拉ㄌㄚ丁ㄉㄧㄥ一ㄧ把ㄅㄚ打ㄉㄚ開ㄎㄞ它ㄊㄚ。

房間裡擺了滿坑滿谷的寶石和金子，右邊桌子上還有色香味俱全的美食，左邊架子上則掛著漂亮的衣服。

「好像很好吃！」

妮妮盯著各式各樣的美味料理，口水都快流下來了。

「真是漂亮！」

阿拉丁看著這些用絲綢做成的衣服，幻想自己穿上後的帥氣模樣。

不行！不能碰任何東西！

朵爾公主大聲喊叫，阿拉丁嚇得後退一步，妮妮伸向桌上蛋糕的手也停在半空中。朵爾公主看到彷彿被定格的兩人，忍不住笑了出來。

「雖然我不愛聽，但是『不行』這個詞還真好用。」

多虧朵爾公主識破那些東西是陷阱，大家才能平安通過這個房間。

這次眼前是一道綠色的門，朵爾公主自信滿滿的站到門前。

「交給我吧！」

一打開門，前方就傳來幾乎要把身體震飛的巨大吼叫聲。

吼吼吼！

一隻有著人類臉龐與獅子身體的怪物，不停揮動有如蠍子的尾巴，背上還有許多又長又尖的刺。

佳妮和妮妮嚇得僵在原地，阿拉丁則下意識拿起腳邊的石頭。

那是……

怪物！

好可怕！

吼吼吼！

　　朵ㄉㄨㄛˇ爾ㄦˇ公ㄍㄨㄥ主ㄓㄨˇ回ㄏㄨㄟˊ想ㄒㄧㄤˇ了ㄌㄜ˙一ㄧ會ㄏㄨㄟˋ兒ㄦ，然ㄖㄢˊ後ㄏㄡˋ驚ㄐㄧㄥ訝ㄧㄚˋ得ㄉㄜ˙大ㄉㄚˋ喊ㄏㄢˇ。

　　「牠ㄊㄚ是ㄕˋ曼ㄇㄢˋ提ㄊㄧˊ柯ㄎㄜ爾ㄦˇ！我ㄨㄛˇ在ㄗㄞˋ神ㄕㄣˊ話ㄏㄨㄚˋ課ㄎㄜˋ上ㄕㄤˋ學ㄒㄩㄝˊ過ㄍㄨㄛˋ，牠ㄊㄚ會ㄏㄨㄟˋ吃ㄔ人ㄖㄣˊ，一ㄧ定ㄉㄧㄥˋ不ㄅㄨˋ會ㄏㄨㄟˋ輕ㄑㄧㄥ易ㄧˋ放ㄈㄤˋ過ㄍㄨㄛˋ我ㄨㄛˇ們ㄇㄣ˙！」

　　朵ㄉㄨㄛˇ爾ㄦˇ公ㄍㄨㄥ主ㄓㄨˇ這ㄓㄜˋ番ㄈㄢ話ㄏㄨㄚˋ讓ㄖㄤˋ佳ㄐㄧㄚ妮ㄋㄧˊ、妮ㄋㄧˊ妮ㄋㄧˊ和ㄏㄢˋ阿ㄚ拉ㄌㄚ丁ㄉㄧㄥ都ㄉㄡ害ㄏㄞˋ怕ㄆㄚˋ得ㄉㄜ˙深ㄕㄣ吸ㄒㄧ一ㄧ口ㄎㄡˇ氣ㄑㄧˋ。

「只要答對我出的問題，我就不會吃你們。如果答錯或答不出來，你們就會變成我的晚餐。」

「我才不要！」

「第一個問題，你們要把狼、羊和草運到河的對岸，而且一次只能運一個。但如果你們不在，狼會吃羊、羊會吃草。怎麼做才能全都平安無事的運到對岸呢？」

「我在邏輯課學過，先把羊運過去，接著把狼運過去，再把羊帶回來，然後把草運過去，最後把羊運過去就可以了。」

「答對了……接下來的問題可沒這麼簡單！你們要怎麼做，才能讓我跳不過一個磚塊呢？」

「磚塊很小，怎麼可能跳不過去！」

「這是腦筋急轉彎嗎？雖然我們在奇幻國有玩過，但是……」

「我無所事事的靠在牆壁上的時候，經常想像自己是一個磚塊，所以我知道這題的答案——這個磚塊嵌在房子的牆壁上，這樣你就跳不過去了。」

「又答對了……」

「阿拉丁，你真是帥呆了！」

「最後一題最難，你們絕對答不出來。」

「趕快出題吧！」

「不是靠近就可以碰到，不是認真做就可以辦到，也不是無條件付出就可以得到的東西是什麼？」

「我連問題都聽不懂，你到底在說什麼？」

「好難啊！很多事物都能符合一個或兩個條件，卻無法同時符合三個條件。」

「答案是『乖女兒』嗎？感覺和這三個條件都符合。」

「照你這麼說，『好媽媽』也可以是答案啊！」

「的確，不管是我疲倦、煩躁或傷心的時候，媽媽都耐心照顧我關心我，無條件的愛我……」

這幾個孩子真聰明啊！

我知道了，答案是「愛」！

曼提柯爾點點頭，接著移動龐大的身軀，讓出一條路來。四人擔心曼提柯爾反悔，提心吊膽的快步離開。

在房間的盡頭可以看到一扇鐵製的大門，阿拉丁用力推了門，卻一點動靜也沒有。

朵爾公主仔細觀察這扇鐵門。「門上寫了一句話『你是誰？』這是什麼意思？」

佳妮想了想，率先站到門前，大聲喊出自己的名字。

「佳妮！」

門還是關得緊緊的。

「巴德羅巴朵爾！」

「妮妮！」

朵爾公主試著用不同的語氣念出名字，妮妮則舉起魔法之書大喊，但是門依舊沒有反應。

「我知道了，現在是主角大展身手的時刻。阿拉丁，交給你了！」

「我？連朵爾公主都失敗了，我喊名字怎麼可能有用！」

「你可以的！」

「一事無成的我絕對會失敗，不行的事就是不行啊！」

「本來就是有些事會成功、有些事會失敗，不試試看怎麼知道呢？拿出你的主角光環吧！」

「平凡無奇的我怎麼可能是主角！」

「每個人都有屬於自己的故事，每個人都是這個故事的主角喔！」

「喊出你的名字吧！」

被佳妮和妮妮輪番鼓勵後，阿拉丁深吸一口氣，張開嘴巴。

阿拉丁！

　　阿Y拉ㄌY丁ㄉㄧㄥ的ㄉㄜ話ㄏㄨㄚ音ㄧㄣ剛ㄍㄤ落ㄌㄨㄛ下ㄒㄧㄚ，剛ㄍㄤ才ㄘㄞ一ㄧ動ㄉㄨㄥ
也ㄧㄝ不ㄅㄨ動ㄉㄨㄥ的ㄉㄜ鐵ㄊㄧㄝ門ㄇㄣ就ㄐㄧㄡ緩ㄏㄨㄢ緩ㄏㄨㄢ打ㄉㄚ開ㄎㄞ了ㄌㄜ。佳ㄐㄧㄚ妮ㄋㄧ、
妮ㄋㄧ妮ㄋㄧ和ㄏㄜ朵ㄉㄨㄛ爾ㄦ公ㄍㄨㄥ主ㄓㄨ興ㄒㄧㄥ奮ㄈㄣ得ㄉㄜ手ㄕㄡ舞ㄨ足ㄗㄨ蹈ㄉㄠ。

　　「成ㄔㄥ功ㄍㄨㄥ了ㄌㄜ！」

第6章

神燈精靈

　　一打開門，四人隨即用手擋住流瀉而出的耀眼光芒。等眼睛適應後，他們發現面前是一座繁花盛開的美麗庭院，中央有一座巨大的老鷹石像，還有正在火盃上被燃燒著的燈。

　　「燈燒起來了！」

　　阿拉丁趕緊挖起地上的土並蓋在燈上，火焰因此熄滅了。

　　「應變能力不錯喔！」

　　佳妮的稱讚讓阿拉丁害羞得笑了，他把燈從火盃上拿下來。

　　「哈ㄏ斯ㄙ庫ㄎ斯ㄙ為ㄨㄟ什ㄕ麼ㄇ要ㄧㄠ找ㄓㄠ這ㄓㄜ個ㄍㄜ髒ㄗㄤ兮ㄒ
兮ㄒ的ㄉㄜ燈ㄉㄥ呢ㄋㄜ？總ㄗㄨㄥ之ㄓ，我ㄨㄛ們ㄇㄣ趕ㄍㄢ快ㄎㄨㄞ拿ㄋㄚ給ㄍㄟ他ㄊㄚ，
救ㄐㄧㄡ出ㄔㄨ毛ㄇㄠ毛ㄇㄠ吧ㄅㄚ！」

　　朵ㄉㄨㄛ爾ㄦ公ㄍㄨㄥ主ㄓㄨ試ㄕ圖ㄊㄨ阻ㄗㄨ止ㄓ阿ㄚ拉ㄌㄚ丁ㄉㄥ。

　　「你ㄋㄧ別ㄅㄧㄝ再ㄗㄞ相ㄒㄧㄤ信ㄒㄧㄣ那ㄋㄚ個ㄍㄜ人ㄖㄣ了ㄌㄜ，他ㄊㄚ把ㄅㄚ我ㄨㄛ
們ㄇㄣ綁ㄅㄤ起ㄑㄧ來ㄌㄞ、搶ㄑㄧㄤ走ㄗㄡ毛ㄇㄠ毛ㄇㄠ，還ㄏㄞ命ㄇㄧㄥ令ㄌㄧㄥ你ㄋㄧ來ㄌㄞ危ㄨㄟ
險ㄒㄧㄢ的ㄉㄜ地ㄉㄧ方ㄈㄤ找ㄓㄠ燈ㄉㄥ，實ㄕ在ㄗㄞ太ㄊㄞ可ㄎㄜ疑ㄧ了ㄌㄜ。」

　　妮ㄋㄧ妮ㄋㄧ立ㄌㄧ刻ㄎㄜ附ㄈㄨ和ㄏㄜ朵ㄉㄨㄛ爾ㄦ公ㄍㄨㄥ主ㄓㄨ的ㄉㄜ話ㄏㄨㄚ。

　　「對ㄉㄨㄟ啊ㄚ！而ㄦ且ㄑㄧㄝ這ㄓㄜ個ㄍㄜ不ㄅㄨ是ㄕ普ㄆㄨ通ㄊㄨㄥ的ㄉㄜ
燈ㄉㄥ，它ㄊㄚ可ㄎㄜ是ㄕ神ㄕㄣ燈ㄉㄥ呢ㄋㄜ！」

阿拉丁噗哧一笑。

「這麼破舊的燈，連古董商都不想要呢！擦一擦會變乾淨嗎？」

阿拉丁用袖子擦拭燈，燈口隨即冒出一陣白煙，然後出現一個巨大的身影。

「主人，你叫我嗎？」

「哇啊！你是誰？」

「我是神燈精靈。主人，請說出你的願望。」

阿拉丁看到神燈精靈出現，愣在原地，無法動彈，於是佳妮上前拍了拍他的肩膀。

「快許願把毛毛救出來吧！」

朵爾公主伸出手阻止佳妮。

「等等，我們先想一想接下來該怎麼辦。如果沒有詳細的作戰計劃，哈斯庫斯看到毛毛消失，就會發現是我們召喚了神燈精靈，到時候他追上來就麻煩了。」

佳妮笑著對朵爾公主說：「你真聰明，如果當上國王，一定能好好帶領這個國家。」

　　「希望如此。」朵爾公主臉上綻放笑容。

　　當佳妮、阿拉丁和朵爾公主討論作戰計劃的時候，妮妮發現旁邊的樹枝上掛了一只戒指，為了看得更仔細，她把戒指拿下來。

　　「妮妮，你在做什麼？」

　　聽到佳妮叫她的聲音，妮妮趕緊把戒指放進口袋。

好漂亮的
戒指！

主人，請說出你的願望。

　　阿ˉ拉ˊ丁ㄉㄧㄥ捧ㄆㄥˇ著ㄓㄜ˙神ㄕㄣˊ燈ㄉㄥ，清ㄑㄧㄥ了ㄌㄜ˙清ㄑㄧㄥ喉ㄏㄡˊ嚨ㄌㄨㄥˊ。
「精ㄐㄧㄥ靈ㄌㄧㄥˊ，實ㄕˊ現ㄒㄧㄢˋ我ㄨㄛˇ的ㄉㄜ˙願ㄩㄢˋ望ㄨㄤˋ吧ㄅㄚ˙！」

**帶我們去
皇宮！**

哈斯庫斯坐在火堆前，好整以暇的等待阿拉丁他們回來。

　　「拿到神燈後，我要把那群小鬼丟在這個山洞裡，呵呵呵！」

　　哈斯庫斯眼冒愛心的看著毛毛，一點也不覺得等待的時間很漫長。

　　「這個小傢伙真是太可愛了！要幫你取什麼名字呢？雲朵、棉花、毛球……」

　　突然間，從某處傳來奇怪的聲響，哈斯庫斯立刻豎起耳朵聽。

　　「我聽錯了嗎？」

　　哈斯庫斯把視線轉回到毛毛身上，卻發現關在籠子裡的毛毛消失不見，他馬上就猜到是阿拉丁等人召喚了神燈精靈並許下願望。

臭小鬼，我絕對不會放過你們！

隔ㄍㄜˊ天ㄊㄧㄢ，哈ㄏㄚ斯ㄙ庫ㄎㄨˋ斯ㄙ回ㄏㄨㄟˊ到ㄉㄠˋ城ㄔㄥˊ裡ㄌㄧˇ，發ㄈㄚ現ㄒㄧㄢˋ街ㄐㄧㄝ上ㄕㄤˋ瀰ㄇㄧˊ漫ㄇㄢˋ著ㄓㄜ歡ㄏㄨㄢ樂ㄌㄜˋ的ㄉㄜ氣ㄑㄧˋ氛ㄈㄣ。

　　「發ㄈㄚ生ㄕㄥ什ㄕㄣˊ麼ㄇㄜ事ㄕˋ了ㄌㄜ？」

　　「為ㄨㄟˋ了ㄌㄜ慶ㄑㄧㄥˋ祝ㄓㄨˋ失ㄕ蹤ㄗㄨㄥ的ㄉㄜ朵ㄉㄨㄛˇ爾ㄦˇ公ㄍㄨㄥ主ㄓㄨˇ平ㄆㄧㄥˊ安ㄢ回ㄏㄨㄟˊ來ㄌㄞˊ，所ㄙㄨㄛˇ以ㄧˇ國ㄍㄨㄛˊ王ㄨㄤˊ分ㄈㄣ送ㄙㄨㄥˋ了ㄌㄜ許ㄒㄩˇ多ㄉㄨㄛ美ㄇㄟˇ食ㄕˊ給ㄍㄟˇ大ㄉㄚˋ家ㄐㄧㄚ吃ㄔ。」

　　由ㄧㄡˊ於ㄩˊ時ㄕˊ間ㄐㄧㄢ太ㄊㄞˋ過ㄍㄨㄛˋ巧ㄑㄧㄠˇ合ㄏㄜˊ，哈ㄏㄚ斯ㄙ庫ㄎㄨˋ斯ㄙ猜ㄘㄞ想ㄒㄧㄤˇ朵ㄉㄨㄛˇ爾ㄦˇ公ㄍㄨㄥ主ㄓㄨˇ就ㄐㄧㄡˋ是ㄕˋ和ㄏㄜˊ阿ㄚ拉ㄌㄚ丁ㄉㄧㄥ一ㄧˋ起ㄑㄧˇ進ㄐㄧㄣˋ入ㄖㄨˋ山ㄕㄢ洞ㄉㄨㄥˋ的ㄉㄜ三ㄙㄢ個ㄍㄜˋ女ㄋㄩˇ孩ㄏㄞˊ之ㄓ一ㄧ，於ㄩˊ是ㄕˋ他ㄊㄚ恨ㄏㄣˋ恨ㄏㄣˋ的ㄉㄜ咬ㄧㄠˇ著ㄓㄜ牙ㄧㄚˊ，朝ㄔㄠˊ皇ㄏㄨㄤˊ宮ㄍㄨㄥ走ㄗㄡˇ去ㄑㄩˋ。

　　「對不起，讓你們擔心了，但是我不想一直被保護，我想成為保護這個國家的人。」

　　朵爾公主向國王和王后行禮，接著不卑不亢的說著，看起來既勇敢又優雅。

　　「發生什麼事了嗎？」

　　「我們的女兒好像長大了！」

　　國王和王后發現朵爾公主變得不一樣了。

　　「我在這次的冒險中，發現我人生的主角是我自己，我要創造屬於自己的故事，所以我下定決心了。」

　　「什麼？」

我要登上王位！

國王感動得熱淚盈眶，王后卻想阻止朵爾公主。

「管理國家既辛苦又充滿挑戰，媽媽希望你能開心的過日子啊！」

「媽媽，沒有人能一輩子無憂無慮。以前我每天待在皇宮，讓我覺得自己一無是處，為此煩惱了很久。在這次的冒險中，我運用以前學過的知識突破難關，我也想把它們運用在這個國家上，讓大家變得幸福。」

國王緊緊抓住朵爾公主的手，然後用宏亮的聲音說：「我在此宣布，巴德羅巴朵爾將繼承王位，成為國王。」

大廳內歡聲雷動，朵爾公主則走向佳妮和妮妮。

「謝謝你們，如果沒有你們，我也無法下定決心。」

「你一定能成為很棒的國王！」

「恭喜你！」

佳妮誠摯的道賀，妮妮也熱烈的鼓掌。

阿ㄚ拉ㄌㄚ丁ㄉㄥ跪ㄍㄨㄟ在ㄗㄞ地ㄉㄧ上ㄕㄤ向ㄒㄧㄤ朵ㄉㄨㄛ爾ㄦ公ㄍㄨㄥ主ㄓㄨ祝ㄓㄨ賀ㄏㄜ，朵ㄉㄨㄛ爾ㄦ公ㄍㄨㄥ主ㄓㄨ則ㄗㄜ把ㄅㄚ他ㄊㄚ扶ㄈㄨ起ㄑㄧ來ㄌㄞ。

「阿ㄚ拉ㄌㄚ丁ㄉㄥ，我ㄨㄛ也ㄧㄝ很ㄏㄣ謝ㄒㄧㄝ謝ㄒㄧㄝ你ㄋㄧ。希ㄒㄧ望ㄨㄤ你ㄋㄧ
能ㄋㄥ來ㄌㄞ皇ㄏㄨㄤ宮ㄍㄨㄥ，幫ㄅㄤ助ㄓㄨ我ㄨㄛ讓ㄖㄤ這ㄓㄜ個ㄍㄜ國ㄍㄨㄛ家ㄐㄧㄚ變ㄅㄧㄢ
得ㄉㄜ更ㄍㄥ強ㄑㄧㄤ盛ㄕㄥ。」

「你ㄋㄧ的ㄉㄜ意ㄧ思ㄙ是ㄕ……不ㄅㄨ、不ㄅㄨ、
不ㄅㄨ，我ㄨㄛ不ㄅㄨ行ㄒㄧㄥ！」

「你ㄋㄧ一ㄧ定ㄉㄧㄥ可ㄎㄜ以ㄧ，別ㄅㄧㄝ忘ㄨㄤ了ㄌㄜ，你ㄋㄧ是ㄕ你ㄋㄧ人ㄖㄣ
生ㄕㄥ的ㄉㄜ主ㄓㄨ角ㄐㄩㄝ。」

「我……好，我會努力！謝謝你們願意當我的朋友。」

「嘿嘿！大家都是好朋友！」

「接下來，我們也該完成自己的任務了。」

佳妮擦掉因為感動而流下的眼淚，轉頭看著阿拉丁。

「阿拉丁，你可以召喚神燈精靈嗎？我們想問他黃金書籤的下落。」

阿拉丁輕輕摩擦神燈，精靈就出現了。

「主人，你叫我嗎？」

「對、對，是我叫你。」

和還不習慣被稱作主人的阿拉丁不同，妮妮大方的詢問神燈精靈。

「你知道黃金書籤在哪裡嗎？」

神燈精靈從自己的腰帶拿出閃耀著金色光芒的黃金書籤。

「原來在這裡！太好了，這次的任務真容易！」

　　雖然佳妮也很開心，但是為了避免妮妮得意忘形，她還是開口提醒。

　　「妮妮，你忘了嗎？尋找神燈的旅程可不簡單啊！」

　　把黃金書籤放進魔法之書後，佳妮和妮妮總算鬆了一口氣。

待在范特西爾的時候，現實世界的時間並不會流逝，因此佳妮和妮妮打算盡情享受朵爾公主加冕典禮上的美食和表演再回去。

佳妮和妮妮接受了使用香氛精油的舒適按摩，也在撒了玫瑰花瓣的浴缸中泡了香噴噴的澡，還吃了很多美味的杏仁和椰棗。

皇宮上上下下都為了準備加冕典禮而忙碌，往來的人、車子和動物也非常多，很難一一一確認身分，所以哈斯庫斯不費吹灰之力就潛進皇宮。

為了不被發現，哈斯庫斯用魔法把自己變成蜜蜂，偷聽侍女們聊天。

　　「聽說朵爾公主的朋友中，有一個叫做阿拉丁的男孩。」

　　「他好像是平民，不是王族，為什麼他能和公主當朋友？」

　　「因為他擁有可以實現任何願望的神燈，而且找到了黃金書籤。」

　　聽到這番話，哈斯庫斯氣到連翅膀都在發抖。

　　「哼！我要把神燈偷過來。」

真想看看神燈長怎樣。

聽說他連睡覺都抱著。

可惡的阿拉丁！

變成蜜蜂的哈斯庫斯躲在阿拉丁的房間裡等待機會，卻發現阿拉丁一直把神燈放在懷裡，連上廁所也不離身，睡覺時更是緊緊抱著。

　　「趕快想辦法，我可是偉大的魔法師……對了！」

　　哈斯庫斯變成老鼠，打翻了房間櫃子上的蜂蜜罐，被蜂蜜濺到身上的阿拉丁逼不得已，只能脫掉衣服、放下神燈，進入浴室洗澡。

　　計劃得逞的哈斯庫斯立刻抬走神燈，頭也不回的離開皇宮。

　　一-到ㄉㄠˋ沒ㄇㄟˊ有ㄧㄡˇ人ㄖㄣˊ的ㄉㄜ空ㄎㄨㄥ曠ㄎㄨㄤˋ處ㄔㄨˋ，哈ㄏㄚ斯ㄙ庫ㄎㄨˋ斯ㄙ就ㄐㄧㄡˋ用ㄩㄥˋ手ㄕㄡˇ摩ㄇㄛˊ擦ㄘㄚ神ㄕㄣˊ燈ㄉㄥ。

　　「主ㄓㄨˇ人ㄖㄣˊ，你ㄋㄧˇ叫ㄐㄧㄠˋ我ㄨㄛˇ嗎ㄇㄚ˙？」

　　「沒ㄇㄟˊ錯ㄘㄨㄛˋ，是ㄕˋ偉ㄨㄟˇ大ㄉㄚˋ的ㄉㄜ魔ㄇㄛˊ法ㄈㄚˇ師ㄕ哈ㄏㄚ斯ㄙ庫ㄎㄨˋ斯ㄙ叫ㄐㄧㄠˋ你ㄋㄧˇ，快ㄎㄨㄞˋ去ㄑㄩˋ把ㄅㄚˇ黃ㄏㄨㄤˊ金ㄐㄧㄣ書ㄕㄨ籤ㄑㄧㄢ和ㄏㄜˊ魔ㄇㄛˊ法ㄈㄚˇ之ㄓ書ㄕㄨ拿ㄋㄚˊ來ㄌㄞˊ給ㄍㄟˇ我ㄨㄛˇ！」

妮妮覺得身上的包包忽然變輕，打開一看，就發現魔法之書不見了。

　　「姐姐，你有看到魔法之書在哪裡嗎？」

　　「沒有，你弄丟了嗎？」

　　佳妮和妮妮找遍了皇宮各個角落，還用倒退走的方式在走廊來回尋找。另一邊，阿拉丁也為了找神燈，同樣用倒退走的方式來掃視走廊。

砰！

　　三人摸著自己被撞痛的屁股。

「你們在做什麼？」

　　　　　　　　　「你又在做什麼？」

「你們有看到神燈嗎？它忽然不見了！」

　　　　　　　　「魔法之書也不見了！
　　　　　　　　怎麼這麼巧？」

「這……不是巧合！」

魔法之書不見了！

神燈也是！

佳ㄐㄧㄚ妮ㄋㄧˊ、妮ㄋㄧˊ妮ㄋㄧˊ和ㄏㄜˊ阿ㄚ拉ㄌㄚ丁ㄉㄧㄥ同ㄊㄨㄥˊ時ㄕˊ大ㄉㄚˋ喊ㄏㄢˇ。

「哈ㄏㄚ斯ㄙ庫ㄎㄨˋ斯ㄙ把ㄅㄚˇ它ㄊㄚ們ㄇㄣ˙偷ㄊㄡ走ㄗㄡˇ了ㄌㄜ˙！」

阿拉丁嘆了口氣。「就像朵爾公主說的，不可以相信那個人。」

看到阿拉丁無精打采的樣子，妮妮趕緊鼓勵他。

「阿拉丁，你不可以放棄！」

「當然，我絕對不會放棄！」

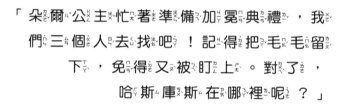
「一定要把神燈和魔法之書找回來，不然這個王國，不，整個范特西爾都會有危險！」

「朵爾公主忙著準備加冕典禮，我們三個人去找吧！記得把毛毛留下，免得又被盯上。對了，哈斯庫斯在哪裡呢？」

「如果魔法之書在，就可以拿出位置追蹤器了。」

妮妮不甘心的雙手握拳，這時候，佳妮發現她手上有個沒看過的戒指正閃閃發光。

「妮妮，你怎麼會有這個戒指？」

「我是在神燈所在的庭院找到的，我只是覺得它很漂亮……」

妮ⁿ妮ⁿ怕ⁿ被ⁿ姐ⁿ姐ⁿ罵ⁿ，用ⁿ和ⁿ螞ⁿ蟻ⁿ一ⁿ樣ⁿ
小ⁿ的ⁿ聲ⁿ音ⁿ回ⁿ答ⁿ。

「它ⁿ說ⁿ不ⁿ定ⁿ可ⁿ以ⁿ幫ⁿ上ⁿ忙ⁿ！」

和ⁿ妮ⁿ妮ⁿ想ⁿ得ⁿ不ⁿ一ⁿ樣ⁿ，佳ⁿ妮ⁿ沒ⁿ有ⁿ生ⁿ
氣ⁿ，而ⁿ是ⁿ拿ⁿ起ⁿ戒ⁿ指ⁿ摩ⁿ擦ⁿ。

砰ⁿ！

戒ⁿ指ⁿ精ⁿ靈ⁿ從ⁿ寶ⁿ石ⁿ中ⁿ和ⁿ綠ⁿ色ⁿ的ⁿ煙ⁿ霧ⁿ
一ⁿ起ⁿ出ⁿ現ⁿ了ⁿ。

主人，你叫我嗎？

太好了！我想許
的願望是……

第8章

魔法師的陰謀

　　在戒指精靈的幫助下，佳妮、妮妮和阿拉丁來到了哈斯庫斯的家，陽光照不進來這裡，因此裡面非常黑暗，也非常安靜。

　　「這裡好可怕，真的是人住的地方嗎？」

　　「好像鬼屋……」

　　「妮妮，別說這種會讓人更害怕的話啦！」

　　阿拉丁把食指靠在嘴脣上。

　　「噓！那裡有聲音。」

　　三人躡手躡腳走向聲音的來源，隨即看見哈斯庫斯的身影。他前方的桌子上擺著神燈和一個空瓶子。

　　「使用這個魔法，我就能吸收精靈的力量，這樣即使弄丟神燈也沒關係！」

妮妮在佳妮的耳邊說著悄悄話。

「姐姐，這個故事可以照他的想法改變嗎？」

「我也不知道。」

興奮的哈斯庫斯沒發現三人躲在旁邊，自顧自的說下去。

「把黃金書籤和魔法之書交給黑魔法師，他們就會幫我改變這個故事了！」

佳妮和妮妮嚇得瞪大眼睛。

「先把精靈從神燈取出來。」

哈斯庫斯用魔法強硬的把精靈從神燈取出來，再關進玻璃瓶中。精靈氣得臉紅脖子粗，不停敲打瓶身。

「怎麼辦……」

佳妮慌亂到不斷喃喃自語，阿拉丁也急得像熱鍋上的螞蟻。

「我們該把關著精靈的瓶子拿回來，還是該拿回空的神燈？」

「可惡的哈斯庫斯，居然把精靈趕出他的家！」

妮妮太過氣憤，忘記控制說話的音量，哈斯庫斯因此注意到他們。

「什麼聲音？」

站得離牆壁比較近的阿拉丁迅速躲到柱子後面，佳妮和妮妮卻來不及閃避，被哈斯庫斯逮個正著。

「你們竟然自己送上門來！」

哈斯庫斯不懷好意的對佳妮和妮妮各舉起一隻手。

「個子比較小的傢伙就關進精靈本來待的神燈裡，另一個就來幫我做家事吧！」

看著佳妮和妮妮害怕的模樣，哈斯庫斯更得意的開口。

「朵爾公主和阿拉丁遲早也會被我抓住，我要把他們變成僕人，每天為我做牛做馬！」

哈斯庫斯低聲念出魔咒，妮妮的身體隨即變得和煙霧一樣飄散在空中。哈斯庫斯朝妮妮吹了一口氣，煙霧狀的妮妮就被吸進神燈裡。

嘶嘶嘶！

「姐姐，救我！」

此時的佳妮已經被哈斯庫斯施展魔法，她無神的雙眼呆呆望著前方，絲毫聽不到妮妮的求救聲。

110

聽到有人叫她的名字，妮妮緩緩睜開眼睛。

　　「妮妮，你沒事吧？」

　　　　　　　「托米！這裡是波普斯
　　　　　　　　魔法圖書館嗎？」

　　「不是，你被關進神燈了。」

　　妮妮環顧四周，這裡非常寬敞，但是空無一物。

　　「神燈精靈竟然能一直待在這麼無
　　聊的地方！」

　　　　　　「現在不是感嘆的時候！」

　　「知道了，趕快救我吧！」

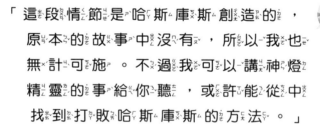
　　「這段情節是哈斯庫斯創造的，
　　　原本的故事中沒有，所以我也
　　　無計可施。不過我可以講神燈
　　　精靈的事給你聽，或許能從中
　　　找到打敗哈斯庫斯的方法。」

　　托米把自己的身體變成桌子和椅子，讓妮妮坐著聽他說話。

　　「精靈不是一開始就是精靈，這一千多年來，他用神燈的靈氣訓練自己，才能成為神燈的精靈。」

我們在神燈裡面。

「我也要用靈氣訓練自己，才能離開神燈嗎？精靈花了一千多年，但是我連一小時都有困難！怎麼辦？」

妮妮因為驚慌失措而嚎啕大哭，哭聲迴盪在神燈中而變得更大聲，托米趕緊搗住耳朵。

「連一小時都不用啦！我只是講個故事給你聽，重點早就寫在這張紙上了。而且由於神燈的靈氣，你也能使用一點魔法喔！」

「看了這張紙，就能知道打敗哈斯庫斯的方法嗎？」

「沒錯，我無法長時間離開魔法圖書館，絕對不會騙你。」

「我馬上看。」

妮妮的眼淚瞬間止住，專心讀起紙上的文字。

這些是對神燈精靈來說很重要的事？

成為神燈精靈的注意事項

1. 尋找可當神燈的燈

必須是從來不曾被人使用過，一個指紋
都沒沾上的乾淨燈具。顏色和形狀不拘，但是不建議
使用易碎的玻璃或陶瓷材質。

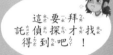

這要拜
託偵探才找
得到吧！

比把大象
放進冰箱
更難！

2. 進入神燈時須小心

讓身體盡可能變得輕盈
且纖細，才能順利進入
神燈。請注意，千萬不
要把神燈擠爆。

這裡是
重點！

3. 神燈精靈的權利

成為神燈精靈後，可以使用強大的魔法，
幫助主人實現願望。

但是不能實現會讓范特西爾變混亂的願望。

4. 神燈精靈的義務

＊當神燈被摩擦要立刻登場。

＊隨時保持乾淨及威武。

＊把摩擦神燈的人當成主人。

萬一在洗
澡或上廁所
怎麼辦？

如果主
人是壞人
怎麼辦？

第9章

精靈的權利

　　哈斯庫斯走遠後，剛剛躲起來的阿拉丁立刻出來拍拍佳妮的肩膀。

　　「佳妮，你沒事吧？」

　　但是佳妮被哈斯庫斯施了魔法，只是面無表情的看著阿拉丁。

　　這時候，哈斯庫斯從遠處大聲叫了佳妮。

　　「過來掃一下這裡！」

　　阿拉丁趕緊躲到門後，拿著掃把和畚箕的佳妮則如行屍走肉般走向哈斯庫斯。

　　「現在該怎麼辦？」

　　阿拉丁苦惱著。他拿起哈斯庫斯留在桌上的神燈，突然間，手上的神燈輕輕動了一下。

滋滋！

神燈又動了。

「妮妮被哈斯庫斯關進這個神燈裡，那麼……」

阿拉丁深吸一口氣，決定先試試看再說。

「不管做什麼，都比什麼都不做好！」

阿拉丁小心翼翼的摩擦神燈，燈口隨即冒出黃色的煙霧。

砰！

「妮妮，你變成神燈精靈了嗎？那我的願望是……」

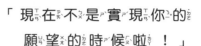「現在不是實現你的願望的時候啦！」

「你變成哈斯庫斯的手下了嗎？」

「沒有。我有更重要的事要做！我姐姐在哪裡？」

「佳妮在那邊打掃。」

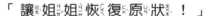「讓姐姐恢復原狀！」

「呃……奇怪，我怎麼拿著掃把和畚箕？妮妮，你變成精靈了？還是精靈變成妮妮了？」

這時候，三人身後傳來憤怒的低吼聲。

臭小鬼，你們又破壞了我的計劃！

哈斯庫斯看著從神燈出來的妮妮，迅速舉起手上裝有精靈的玻璃瓶，然後念起魔咒。

「這個聖代不只好吃，還施了吃下它後，就能擺脫控制的魔法。」

看著逐漸恢復神智的神燈精靈，妮妮語重心長的說道。

「精靈，你還記得『神燈精靈的權利』嗎？你不能實現讓范特西爾變混亂的願望啊！現在正是你做出決定的時候！」

「你真的是妮妮嗎？你在神燈裡學到了什麼，怎麼會說出這麼有智慧的話？」

「嘿嘿！托米教了我很多神燈精靈的事喔！」

妮妮對著神燈精靈微笑。

「幫助主人是好事，但是你身為神燈精靈，也要用自己的意志，做出正確的判斷，這樣才能真正幫上主人的忙。」

聽了妮妮的話，神燈精靈身體的顏色漸漸從深紫色變回原來的樣子。

精靈，你好好想清楚。

「我是自己決定成為神燈精靈的，因為我喜歡幫助別人，希望看到人們露出笑容。做壞事會讓大家傷心難過，這就失去我成為神燈精靈的意義。」

「妮妮，讓我回去神燈吧！」

兩人帥氣的擊掌後，妮妮就恢復原狀，佳妮立即上前抱住她。

「妮妮，還好你沒事！」

「姐姐，我好想你喔！」

精靈回到阿拉丁手上的神燈，並且對他說：「你當我主人的時候，非常珍惜我，我們繼續當夥伴吧！」

哈斯庫斯氣得直跳腳。

「不行！你和神燈都是我的！」

「不，我選擇阿拉丁當主人。我有選擇權，但是做了很多壞事的你就沒有了。」

神燈精靈舉起手施展魔法，哈斯庫斯馬上變成一顆小球，然後被放進他剛剛用來關精靈的玻璃瓶裡。

妮妮目瞪口呆的看著玻璃瓶。

「以後把橡皮擦屑揉成團的時候，我都會想起哈斯庫斯吧！」

　　妮妮無厘頭的感想讓佳妮捧腹大笑。

「你是如假包換的妮妮！講這種話才像你啊！」

阿拉丁一行人帶著神燈、魔法之書和關著哈斯庫斯的玻璃瓶回到皇宮，並且把玻璃瓶交由國王處置。

「阿拉丁，你又立了大功呢！我的眼光果然沒錯，我們一起讓這個國家變得更興盛吧！」

「朵爾公主，真的很感謝你任命我為臣子，但是在此之前，我還有事要做。」

「什麼事？」

「我曾經每天只會怨天尤人，懶惰又愛發脾氣，渾渾噩噩的生活。直到遇見你們，我才逐漸改變。」

阿拉丁深吸一一口氣，用堅定的語氣繼續說。

「你們告訴我，每個人都有屬於自己的故事，每個人都是這個故事的主角，所以我決定先試著描繪屬於我的故事。」

「我明白了，我尊重你的選擇。等你做完想做的事，再和我一起為這個國家打拼吧！」

我要創造自己的故事！

127

噹噹噹噹噹！

　　美妙的樂聲傳遍整個皇宮，朵爾公主的加冕典禮盛大且熱鬧的展開了。曾經嘲笑朵爾公主要登上王位的鄰國國王們，實際與她交談後，都對朵爾公主的智慧和度量獻上敬意。

　　加冕典禮上瀰漫著歡樂的氣氛，魔術師利用神奇道具進行令觀眾嘆為觀止的精彩表演，說書人娓娓道來許多高潮迭起的有趣故事，還有各式各樣的歌曲和舞蹈輪番上陣。

　　佳妮是加冕典禮上最受歡迎的說書人，大家都很喜歡她說的現實世界和范特西爾其他王國的故事，尤其是學習各種知識的「學校生活」故事。

　　加冕典禮上最受關注的則是妮妮的手機，特別是一瞬間就能產生自畫像的「照相」技術，讓大家都非常驚豔，甚至把妮妮的手機稱為「最厲害的神燈」。

加冕典禮一直持續到很晚，阿拉丁從皇宮中的窗戶往外看，找到了他家的所在地。曾經是熟悉到厭煩的家，現在卻讓阿拉丁格外想念。

沒有等到加冕典禮結束，阿拉丁就迫不及待回家。剛走近家門，他就看到從門縫流瀉而出的燈光。

「媽媽還沒睡嗎？」

想起自己以前的所作所為，讓後悔不已的阿拉丁步伐變得沉重。

「其實我不是對媽媽感到煩躁，而是對一無可取的自己。」

這時候，阿拉丁的媽媽聽到外面有動靜，於是出來察看。

「你回來啦！」

阿拉丁不自覺的流下眼淚。

「媽，對不起……」

媽媽輕輕摸著阿拉丁的頭。

「趕快進來吧！」

阿拉丁牽著媽媽的手，兩人一起走回家裡。

第4集搶先看

 mail

主旨 我們在奧茲國見吧！

寄件者 桃樂絲 (Dorothy@oz.com)

收件者 妮妮 (adventure@fantasia.com)

佳妮和妮妮：

你們好，我叫做桃樂絲。你們還在范特西爾冒險嗎？我也很喜歡冒險呢！

我住的「奧茲國」最近好像發生了一些奇怪的事，但是我正在接受魔法的訓練，不能過去了解情況，你們可以來幫幫我嗎？

如果你們可以來這裡，展開幫助奧茲國的冒險就太好了！

想和你們交朋友的桃樂絲

姐姐，你認識這個人嗎？

桃樂絲、奧茲國……難道是那個故事？下次的冒險好像很有趣！

魔法圖書館的群組

托米邀請佳妮和妮妮加入群組。

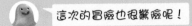 這次的冒險也很驚險呢！

真是難忘的經驗，我還和精靈對決了！

好想擁有神燈喔！我想叫精靈幫我寫作業、消掉討厭的青春痘、買漂亮的衣服給我，還有……

願望真是數也數不清耶！

我記得只能實現三個願望吧？

但是在范特西爾好像沒有限制。

原著中的確只能許三個願望。

在電影裡，阿拉丁有能在天空飛的魔毯吧？

魔毯也是原著中沒有的，除此之外，你們知道的故事還有很多和原著不一樣的地方。

真的嗎？

對。在原著中，這個故事其實發生在東方國家，因為當時的人認為東方是很神祕的未知之地，對那裡有著各式各樣的想像。

可是無論在范特西爾或電影裡，故事背景都位於中東地區吧？可以這樣改編故事嗎？

原著其實是將人們口耳相傳的故事集結而成的，由不同人記錄和傳述的內容當然會不同，因應時代而改編也是正常的。如果你們還有疑問，就翻到下一頁吧！

作者介紹

　　長久以來備受大家喜愛的〈阿拉丁〉，其實是《一千零一夜》這本書中的一則故事。《一千零一夜》是一部古波斯文明及阿拉伯時代的故事集，將王妃雪赫拉莎德講給薩珊王朝國王山魯亞爾聽的故事集結成書。

　　最古老的《一千零一夜》是用阿拉伯語寫成的手抄本，法國的東方學家安托萬‧加朗則是第一位將這本書編輯並翻譯成法語，接著出版的人，對歐洲的文學發展有著極大的影響。

安托萬‧加朗
Antoine Galland

1646年4月4日～1715年2月17日
法國的東方學家、翻譯家與考古學家

其實在用阿拉伯語寫成的《一千零一夜》手抄本中，沒有〈阿拉丁〉這則故事，這則故事是加朗把一位叫做猶合那・狄亞卜的阿拉伯說書人說的故事記錄下來，加以潤飾後，編進了法語版的《一千零一夜》中。

加朗翻譯的法語版《一千零一夜》。

加朗翻譯的《一千零一夜》非常受到人們歡迎，甚至傳回發祥的阿拉伯地區。19世紀，英國的探險家兼語言學家理察・弗朗西斯・伯頓將《一千零一夜》翻譯成英語並出版。直到現在，伯頓和加朗翻譯的版本仍被廣為傳頌。

除了伯頓和加朗，世界各地還有許多專家和學者一邊把《一千零一夜》翻譯成不同的語言，同時加入一些新故事，〈阿拉丁〉就是在這樣多樣化的再創作中流傳至今，成為歷久不衰的經典，讓不管什麼時代的人們都能讀得津津有味。

理察・弗朗西斯・伯頓。

按讚和留言

對阿拉丁留下你的感想吧！

 Aladin

♡ ○ ◁   ⊓

Aladin 和好朋友的回憶！如果沒有你們，我一定找不到神燈！

#和佳妮妮妮是朋友　　#朵爾公主也是朋友_真的　　#山洞黑漆漆

妮妮 阿拉丁讚啦！真的是非常有趣的冒險！
_____

寫留言……

許下願望

你會對神燈精靈許下什麼願望呢？把它寫下來吧！

我想見到《綠野仙蹤》裡的托托，牠一定很可愛！

我的願望是……

姐姐的願望應該很快就會實現。

魔法圖書館著色畫

阿拉丁與神燈

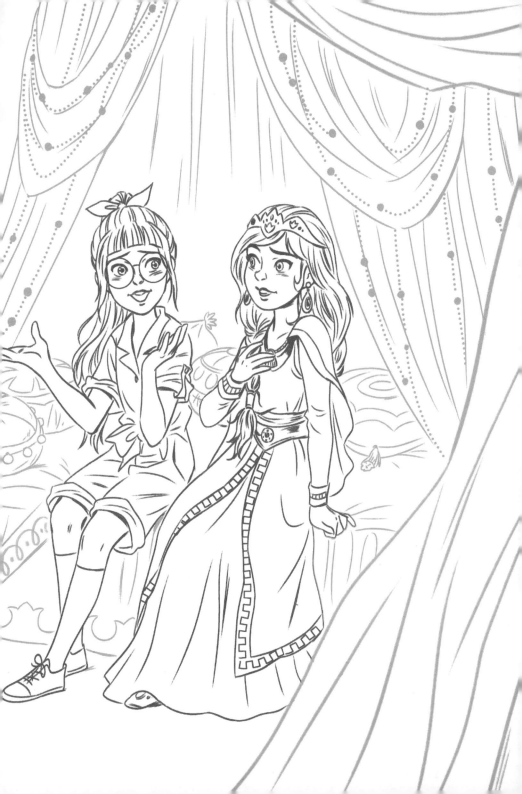

國家圖書館出版品預行編目（CIP）資料

魔法圖書館 3 阿拉丁與神燈 / 智逌莉作；李景姬繪；
石文穎譯 . -- 初版 . -- 新北市：大眾國際書局，
2022.9
144 面；15x21 公分 . --（魔法圖書館 ；3）
ISBN 978-986-0761-61-0（平裝）

862.599   111011220

第 70～71 頁的答案。

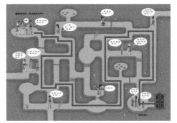

小公主成長學園CFF027

魔法圖書館 3 阿拉丁與神燈

作　　　　者	智逌莉
繪　　　　者	李景姬
監　　　　修	工作室加嘉
譯　　　　者	石文穎

總　編　輯	楊欣倫
執　行　編　輯	徐淑惠
特　約　編　輯	林宜君
封　面　設　計	張雅慧
排　版　公　司	芊喜資訊有限公司
行　銷　統　籌	楊毓群
行　銷　企　劃	蔡雯嘉

出　版　發　行	大眾國際書局股份有限公司　大邑文化
地　　　　址	22069 新北市板橋區三民路二段 37 號 16 樓之 1
電　　　　話	02-2961-5808（代表號）
傳　　　　真	02-2961-6488
信　　　　箱	service@popularworld.com
大邑文化 FB 粉絲團	http://www.facebook.com/polispresstw

總　經　銷	聯合發行股份有限公司
	電話　02-2917-8022　　　傳真　02-2915-7212

法　律　顧　問	葉繼升律師
初　版　一　刷	西元 2022 年 9 月
定　　　價	新臺幣 280 元
Ｉ　Ｓ　Ｂ　Ｎ	978-986-0761-61-0

大邑文化讀者回函

謝謝您購買大邑文化圖書,為了讓我們可以做出更優質的好書,我們需要您寶貴的意見。回答以下問題後,請沿虛線剪下本頁,對折後寄給我們(免貼郵票)。日後大邑文化的新書資訊跟優惠活動,都會優先與您分享喔!

✍ 您購買的書名:_____

✍ 您的基本資料:

姓名:_____,生日:____年____月____日,性別:□男 □女

電話:_____,行動電話:_____

E-mail:_____

地址:□□□-□□_____縣/市_____鄉/鎮/市/區

_____路/街_____段_____巷_____弄_____號_____樓/室

✍ 職業:

□學生,就讀學校:_____,_____年級

□教職,任教學校:_____

□家長,服務單位:_____

□其他:_____

....

✍ 您對本書的看法:

您從哪裡知道這本書?□書店 □網路 □報章雜誌 □廣播電視

□親友推薦 □師長推薦 □其他_____

您從哪裡購買這本書?□書店 □網路書店 □書展 □其他_____

....

✍ 您對本書的意見?

書名:□非常好□好□普通□不好　　封面:□非常好□好□普通□不好

插圖:□非常好□好□普通□不好　　版面:□非常好□好□普通□不好

內容:□非常好□好□普通□不好　　價格:□非常好□好□普通□不好

....

✍ 您希望本公司出版哪些類型書籍(可複選)

□繪本□童話□漫畫□科普□小說□散文□人物傳記□歷史書

□兒童/青少年文學□親子叢書□幼兒讀本□語文工具書□其他_____

....

✍ 您對這本書及本公司有什麼建議或想法,都可以告訴我們喔!

_____

_____

_____

大邑文化

220-69
新北市汐止區三民路二段 37 號 16 樓之 1

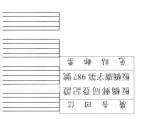

寄件人地址：
□□□-□□
縣/市——鄉/鎮/市/區
路/街——段——巷——弄——號——樓/室
姓名——電話——手機——傳真/室

大邑文化

服務電話：（02）2961-5808（代表號）

傳真專線：（02）2961-6488

e-mail：service@popularworld.com

大邑文化 FB 粉絲團：http://www.facebook.com/polispresstw